手触り

高田一葉　詩集

コールサック社

高田一葉詩集『手触り』　目次

春　6
キラリ　8
イチゴミルクの　10
バタン　12
あの日　14
新しく　18
星の王子さま　20
セキエイ　24
流れ星　26
雪の朝　28
滴　31
手触り　34

それでいいんか 38
おっちゃん 40
柱時計 44
応援歌 48
星空 52
たぶん 54
鞠つき 56
五月・日 61
えっ? 62
し 66
図工の時間 68
自画像ごっこ 72

・月・日（月）　74
おいで　78
朝　80
幸せ　82
列車で　86
ありがとう……　88

波の手触りをもった、きらめく心の星座
詩集『手触り』に寄せて　佐相　憲一　90
あとがき　92
初出一覧　94

手触り

春

左手の道に
たっぷりの日差し
久しぶりに
角を曲がってみようか

変わらない
家並みと
その上の空の色

記憶の小道を駆けてくる
薬玉割りのような

三月の風

ぐっと握り締めていた物語が
もうすぐ
もうすぐ
もうすぐ割れる

キラリ

ラメの網が
風に煽られては
捲れて行く
シャラシャラの網目から
みいちゃーーーん
って呼んでも
届かないね
田んぼの真ん中で
光のモザイクが
笑ってる

足の裏ムニュッムニュッ

手の中ニュルニュルー
光とドロをまぜまぜして
見てーーーって
ほらっみいちゃん苗ごと
転んじゃった
ドロ舐めて
ドロドロみいちゃん

田んぼが空を
キラリと羽織る
風がキラリを舞い上げる
キラリから
零れたんだ
みいちゃん

プクリッ

イチゴミルクの

駅を出ると雨
人波の中で
黄色い傘が跳ねていた

ほらっ　ちゃんと歩いてよ
近づく親子の声がする
肩にした傘をブルンブルン回して
ママーっ　雨の花火だぁ
こらっ

あっと思う間に

今度は水溜りにジャンプ
彼の靴がビシャッ　ビシャッと
飛沫を上げる

昔　同じことをやったよな

過ぎていった時間がつけた
イチゴミルクの実一つ
ポケットの奥に手を突っ込んで
そっと握ってみたりして

バタン

ファスナーが布をかんで動かない
引っ張っても引っ張っても
動かない
買ってもらったばかりの
ジャンパーなんだよ
コート掛けの前で
ぼく泣きそうだった

そしたら
ゆみちゃんがね
大丈夫?って来てくれた

何でかな
ぼく大丈夫だよ！って
怒ったんだ
怒って無理やり引っ張ったら
ファスナーが壊れて

ぼくこっそり
ひとりぼっち
だった

あの日

側溝で震えている子犬と
目が合った
通り過ぎようとした
だのに
子犬を撫でていたんだ　ぼく

家では飼えないって
分かっていた
でも
公園の水飲み場で子犬を洗った
ハンカチで拭いて抱っこしたら

ぼくまで帰れなくなった

子犬がぼくの手を舐める
お腹空いたんだね　チビ
チビって言ったら
子犬が鼻を鳴らした

夕日が帰り道の堰を切る
どうしよう
公園のベンチが
ぼくらを乗せて漂い始める

ぼくは駆け出す
子犬を置いて駆け出したんだ

それからどんなに新しい今日が来ても
あの日
背中で聞いたチビの声が
離れない
ぼくが置き去りにしたぼくが
じっとこちらを
見詰めている

新しく

あんたなんて
家の子じゃありません
バタンッとドアを閉めた
もう帰るもんか

いつもの土手に来た
いつもより遠くまで歩いた
夕日に突き当たって
足を止めた

木も街も声もぼくも

太陽の石釜の中で
焼けている

夕陽の炎が
今日の形を舐め尽くす
帰る場所なんていいんだ

朝日が明日を洗い出す
ぼくはきっと
新しく立っているから

星の王子さま

ねぇ　いつからそこにいるの？
望遠鏡の向こうに
君が見えるよ

君の物語を
プレゼントしてくれた叔母は
もうとっくに亡くなったけど
ぼくの内には消えないでいる

大好きだったから
繰り返し読んだんだ

繰り返す度にページの隙間から
書かれなかった物語が
舞い落ちてくる

空白と欠落は違う
物語が隠している
真っ白な静かさが
聞こえるんだ

街灯の下で動かない君
望遠鏡の向こうで隣に座っているぼく
ぼくらの背中に
言葉を消した物語が広がっている

じっと耳を澄ます

そうやっているしかできないけど
ずっと
思い続けているよ

ずっと

セキエイ

多分セキエイと言うのだろう
キラキラ光る小石を拾った
ただ何となく拾った

机に置いて何年になるだろう
時々気付いて
ただ　在るなと思う

語り合ったことなんてない
生まれた場所も経歴も知らない

ふと握っていることがある
ただそういう関係がある
澄んだ秋晴れの日

流れ星

この道を行ったんだね
みかちゃんの流れ星
みかって書いた赤い手袋
みかちゃんの指の形に開いたまんま
道端に

お母さんからぽろっと落ちて
みかちゃんになって駆け出して
みか　みか　みか　みか　って
流れ星の尾を引いて
引いて引いて

す――――っと無くなるまで

みかちゃん

雪の朝

夜が白む頃
郵便受けに新聞が届く
日が昇って
新しい今日になる
いつもはね

でも今朝は雪
地球がウエディングドレスを
着たみたいに
窓の向うではにかんでいる

時の刻んだ起伏を
ふんわりと隠して
レースの袖口から
白い鳩を飛び立たせる

あれは粉雪でも
誤魔化しでもいいじゃないの

もう一度
誰も一歩も歩いていない始めから
わくわくしながら
駆け出せるなら

セーラー服のおさげ髪で

滴

祖父の家に遊びに行くと
ばあちゃんはいつだって畑にいた

茄子の畝の陰で
草取りの鎌の音がする
ばあちゃん　と呼ぶと
いらっしゃい　と
トマトの畝で姉さんかぶりが立ち上がる
立ち上がったついでみたいに
葉に付いた青虫を落として
靴で踏む

落としては踏むついでみたいに
私の両手に
力瘤みたいなトマトを落とす
おいしいよ　食べてごらん

見上げたところに
ばあちゃんはもういない
向うの畝でまた
でかい青虫を潰している

母さんなら絶対
洗ってからだけど——
風とお日様と青虫に扱かれたごついトマトに
かぶりつく

トマトの汁が
手を伝って肘の先から
光って落ちる

眠れない夜
半世紀も前に零れた時が
道案内をする

手触り

今日はあれを潰すか
それがどんな特別な日だったのか
私には覚えが無い
幼児の頃の記憶である

祖父の家は
日に何本もバスの行かない田舎にあった
裏口を出ると鶏小屋があり
家を囲む竹林とその向うに僅かばかりの畑
たまに遊びに行くと
卵取りをさせてもらえるのが

一番の楽しみだった

その日も私は
鶏を追い回し卵を取って来たのだろう
気が付くと
祖父が白い一羽をぶら下げていた
井戸端にしゃがんだ祖父の前で
私は動けなくなった

羽を毟る
まな板に
手押しポンプの水が弾ける
中華風の大ぶりの包丁が
すっすっと
分かり易い引き算をするように

こちらからあちらへ
塊を切り分けていく
これが何
これが何
これが明日の卵
これが明後日の卵
ぼそりぼそりと声が掠める
夕日が斜に差したその時間に
私は飲み込まれていた

父の切り取られた癌組織を見た
祖父も父も癌にやられた
明る過ぎる蛍光灯の下
差し出された銀のトレーに
あの日の祖父の手捌きが浮かんだ

心が引き付けを起こし
積もった時が殻を割る
明日生まれる卵
明後日生まれる卵

研がれた包丁が
すっと走る
あちらからこちらへ
削がれていく今日を
やっと今

両の手に受ける

それでいいんか

祭りの日が暮れていく
下ろしたての浴衣に赤い三尺を締めて
父を急き立てて夜店へ急ぐ

ジ――と唸る白熱電球が
回り灯籠のように
辺りを照らし出している
お目当ては綿飴やだ
鼈甲色の粗目を
大きな盥の真ん中の穴に入れる　と
ピンクの綿が吹き出して来る

お宮の軒先に掛かった蜘蛛の巣の
その巣に掛かった遠いお日様みたいな
見たこともない夢が
割り箸に絡げられていく

もくもくの一串を
ぼくっとビニール袋に突っ込んで
ゴムをかける　ほいっ
差し出されたふかふかのそれを思わず抱いた私に
それでいいんか

見上げた先で
懐かしい父の声が
問い掛ける

おっちゃん

いきなり自転車で乗り付けて
居たかねぇーーっ　と大声で入って来る
おっちゃんは
ばばちゃんの弟だ
ぼくの顔を見ると
ちゃんと勉強してんだかやぁ　と言いながら
もう茶の間に座っている
ぐずぐずしていると
なーしてんだやぁー　と両手をげんこにして
ほーせぇねじ巻いてやろかーっ　と
ぼくの額の両側をぐりぐりやる

痛い
痛がると面白がってもっとやる

おっちゃんは濃い目のお茶が好きだ
かあちゃんが出すと
右手の親指と人差し指で茶碗を持って
ぐいっと飲む
おっ　けこちゃん　うんめぇ茶だ
と言う
かあちゃんのことを名前で呼ぶ
かあちゃんがぼくの姉ちゃんみたいに隣にいる
おっちゃんはおっちゃんだけど
おっちゃんはかあちゃんを子どもにする

だっけさ　あそこん家のばぁちゃんもきっついすけ

ふみ子さんも大変らこて
ぼくには分からなくていい大変が
この前あのおばさんがくれた駄賃と一緒に
浮かびかける　と
まだいたんだかやぁ　はよ勉強せぇてー　と
今度は　お獅子の目で追い立てる
菓子器の煎餅を四・五枚
その位の間　ぼくはそこに居てはいけないんだ

ほーせまた寄して貰うこてー　と
近所中に聞こえる声が
自転車に跨っている
行けばまた言われるに決まっているのに
ぼくはおっちゃんを送りに出る
またねぇーーっ

勉強せてばぁ　このーっ
おっちゃんの大きなぱーの手が
頭をぐりーっと撫でて
遠ざかる背中でバイバイをしている

おっちゃんがどうやって
あのおっちゃんになったのか
ぼくは知らない
だからおっちゃんが引っ張ってくる
あの風を
ぼくはいつもぐいっと飲む

うんめぇ茶だ！

柱時計

茶の間の柱時計が刻んでいる
私の生まれた家
会ったことのない祖父が
住んでいた家

茶の間の柱時計が刻んでいる
その祖父の写真が
見下ろしている部屋
もう少し経つと
縁側に西日がくる
この家に組み込まれた歯車が

回っている

オルゴールの円盤に刻まれた
懐かしいメロディーが聞こえる
その壁が覚えていること
弟とけんかして
大事なおもちゃを投げつけたこと
酔った父が風呂場で
お決まりのわれは海の子を歌っている
ガラガラと玄関の戸が開く
あの下駄履きはばあちゃんだ

知らない間に
体に沁み込んでいった記憶たち
母がミシンをかけている

その脇で
よくお昼寝したっけ
そこから見えた青空の形

溜まっていく時の水面に
思い出の水玉模様が
広がっては消え
消えては広がる
もうどこにもない生家の
あの柱時計が刻んでいる

そろそろ子どもたちが帰ってくる
今日のこの光に会うために
刻み続けてきた音を聞く
来た道の方

行く道の方
どちらにも深く
深く響いて

応援歌

駆け上ると
風の通り道
輝きの根元から
離陸する風のはばたきが
聞こえる
夕陽を散らす土手っぷちのポプラ
田植え時の越後平野は
ふるさとを水面に浮かべた
季節の鏡

遠い昔

愛犬ゴロと駆け回った光が
足元をくすぐる
時の波打ち際に素足でいると
私の輪郭が透ける
風景が口に含んだ水のように

どこまでも続く畦道
見慣れた山　そして空
渡っていく風になって
思いだけが揺れている
その柔らかな風の面から
父の手が私を掬い上げ
母が私を
私だと呼ぶ声が聞こえる
握り締めた手の中に

時　一握り

真正面からの夕陽が
風景にくっきりと
私を浮かべる
地平線　その向こうから
懐かしい顔が駆けて来そうな
こみ上げる思いに満たされる

私は守られて
ここにいる

くじけそうな今日を
目の奥に沈め
真っ直ぐに戻ろう

あの続きへ

星空

賑やかな福引会場
あなたが回した一回転が
小さなトレーに
青い玉を弾き出す

分厚いざわめきの底に
カチリッと零れた
それはこの星？
残念でした
ピエロが差し出すポケットティッシュ

慎ましい暮らしを
ガラガラとかき混ぜて
残念な青い粒が
安い期待を弾き飛ばす

凍える夜空に
スターダスト
もらったティッシュで
鼻をかむ

早く帰ろう

たぶん

サンマをつつきながら
あなたと
一本のビールを
飲み交わす

何もしないでいる優しさが満ちて
今夜
少し長く
食卓にいる

何とか一緒に歩いてきた

ただそれだけのことが
どうしてこんなに
特別なのだろう

食卓を
子どもたちの笑い声が抜けていく
皿に盛られた湯気のような
それだけの夕べ

私たち長いことかかって
たぶん　このひと時を
探していたのだと思う

鞠つき

小路の奥
風が光の溜りを作る
私の生家はそこにあった

小路には
印刷屋と建具屋があって
輪転機が一日中
鉋の匂いを捏ねていた

その淵でよく鞠つきをした
タンタンタンタン

溜りの面を波紋が走る
ひっそりとした人の気配の森に
私は隠れているのが好きだった

ある日どこか遠くから
飛行機の音が近づいてきた
低く低く
音の投網が溜りの底を探っていく
五十か六十数える間息を詰めて
私は待った
唸りが通り過ぎるのを

ふといつもの鞠つきが
私に戻る
タンタンタンタン

誰も気付かないのか
渡された今が
さっきとは別の響きをすることに

そうやっていつの間にか
すり替えられて続いていく先

そこにはもう
あの溜りは
ない

五月・日

冷蔵庫の隅で
袋詰めにされたまま
ドロドロになっていた
ニンジン

もぎ取られたあの日のお日様が
たったひとりで
死んでいたんだ

えっ？

軽快なリズムに乗って
宇宙を巡る行商人
この星の挨拶代わりの
ありえねぇに片手をあげる
いつものことだが見たがるんだこの連中
普段通りじゃないことを

どんな意図かは知らないが
極正確に自転して
数えてるんだ「時」って数を
1　2　3　4

花を咲かして種を落として
生まれて死んで生まれて死んで
生き続けても
死に続けてもいないんだ
そういう在り方を続けてる
妙な気分さ　いつ来ても
初めてのような
古い記憶に会うような

青空の端っこを捲って
あっちをチラッと覗かせる
使い古しのあのネタで
身銭を切るんだ　いくらでも

そのくせ

あっと言う間にきれいさっぱり
消えたり点いたり
オレのことも気のせいにして
またみんなして数えてるんだ
1　2　3　4

不連続で連続するって在り方は
あれでけっこうしぶといぜ

精々間違えずに数えていろよ
毎度あり　何れまた

し

こうでもない　ああでもない
じゃあいったい　どうなのか

そうじゃない　うそじゃない　なら
ほんとうなのか　しんじられない

ばかみたい　みたいなんなら
ばかじゃない　なら

いってみろよ
おひさまはまっかっか　そうなもんか

みあげてみろよ
おひさまはまっしろだ　な

しゃべるなよ　そのことば
くちいっぱいの　さけになるまで

図工の時間

粘土で自分の顔を作りましょう
粘土だっていうだけで
みんな浮かれているんだ
粘土板に粘土箱をひっくり返して
バン　バン　バン　って
机も教室も時間も
壊す気かな

昨日妹を泣かしたことや
さっきのテストが酷かったことや
今ここにこうしていなくちゃならないことや

膨らんでいくもやもやに
ぼくもバンってぶっつけた

両手に摑んだ粘土の団子に
目二つ　鼻一つ　口一つ
これ　ぼくですか?
頭の真ん中がひび割れている
もう一度　バンバンやったら
口が捩れて
鼻が曲がって　目が潰れた
本当は
ぼくってどんな顔だったんだろう

鼻の穴に指を突っ込む
鼻糞　鼻糞

ふざけてほじっていたら
脳味噌がぼろぼろ散らばっていく
ぼく急に悲しくて
靴底に踏ん付けて隠したんだ

見回すと
みんな机の上に顔ができてる
全然似てないよ　嘘つき！
ぼく思い切り
バンッ　ってやった
ぼくの心に似た音が
窓に張り付いた青空に
ボスッ　と埋まる

自画像ごっこ

ホントを書こうとすると
ウソになる
ウソはウソだと分かるから
擦り切れるほど書き直したけど
ホントはそこに
もういない
見たと思ったホントはウソか

鏡に映った私の形
鏡がホントで
私はウソか

ウソが本気で
ホントを探す

平らな鏡の奥行きは
ウソだろう
そこにいるのか
ホントの私

鏡の後ろで吹き出した
ホント　ホント
そら　逃げろ

・月・日（月）

▽おはようございます（まだ私？）

目覚まし時計の吹き矢が
ヒュッ
布団の風船が
バゴーン
突然目の前にピエロ顔
の
月曜の朝

▽キコ　キコ（出勤）

足漕ぎの魚で出かけよう
現代はいつだって
〝今〟って餌に食いつくから
生きてる私は
釣り上げられてしまうんだ

足漕ぎの魚で
恐竜の化石のような
雲の隙間を抜けて行く
また私
生きていない状態になっている？
キコキコ　キコ

でも　ほら

▽窓辺の椋鳥（仕事中？）

パタパタッ
その窓から
向うの街路樹へ
その向うの電線へ
その向うの・・・
空に染みたよ
唸りを引く飛行機雲には
決して届かないところ

▽デコッ　ボコッ　デコッ（帰宅？）

8時20分
10時10分
4時40分
そんな感じに
デコッ　ボコッ　デコッ
崩して　溜めて　ゴボッ
不平　疲労　夢
ゴボッ　ボコッ　デコッ
いらっしゃいませなんて
一日中言ってる間に
デコッ　ボコッ　デコッ
捏ねて　叩いて　握り潰して

▽おやすみなさい（置かれた眼鏡？）

どれだけ歩いたのかな
こんな歩調になって

大き過ぎるスーパー袋に
いつものチョコレート一箱

歩き慣れた道なんだ
懐かしい街の
音の海

ほら　あそこ
私だった今日の
最後のキラリ

何だか分からなくなった頃
　やっと帰れる

デコッ　ボコッ　デコッ

　それで

おいで

お風呂に入っていたら
もやもやっと
私の分子が解けて
バラ状星雲の真似なんかするの
フッと吹くと
百兆のカケラが
長い笙の一音を引いて
抜けていく
空耳？

夜の淵を渡ってくる

遺伝子の羽音
些細な毎日の出来事が
湯気の中に
際限もなく現れる

果てしなく膨らんでいく宇宙が
満ちるまで
ゆらゆら
疲れて
老いて
そして不思議に心地よく
ブクブクブク

バスタブの栓を抜く
臍の緒を付けたまま
潜り抜けるの？

朝

あのね
眠ったら
窒素とか
酸素とか
そういう物の隙間に行くの
ファラリ　ユラリ
さっきまで
笑ったり　拗ねたり
疲れたりしていた
ややこしい物はみんな解けて
素だけになる

時間の凪いだバルーンランド
擦り抜けたり
かすったり
定まらない色が
ファラリ　ユラリ
掬えない金魚掬いみたいに
光の網でひらひらしてると
いつかね
きっとまぐれで引っ掛かる
朝露キラッ

目を開けてごらんなさいよ

幸せ

窓からお日様が
一杯に差し込んでいる
こんな朝に目覚めたら
んーーっと伸びをして
少し幸せ

洗濯物を干しに
ベランダに出たら
向うのベランダでもう
シャツやパジャマが
マシュマロの風に揺れていた

ふふふっ
また少し幸せ

よし
自転車で
タイムセールに行って来よう
タマゴ　二パック
レジで会った近所のおばさんも
タマゴを買ってた
こんにちはって
何だか笑っちゃった

このまま何も知らなくていいから
一緒に行こうって
見上げた青空が誘う

降り注ぐ光が
悲しいほど明るくて
私
どこに行くんだろう

列車で

水平線に太陽が掛かる頃
海を渡った光の橋が私に届く
空の照り返しを寄せる浜辺に
立ち尽くしている
遠い記憶

ふと列車の窓辺で
うたた寝をしていた
向うの席で
幼児が棒付きキャンディーを舐めている
その口元を何度も拭いている母親

時折頭の上を
学ランの汗臭い声が行き交い
寝惚けた意識が
あの日のあなたに独り言を呟いている

大切に着古した今が
肌に馴染んで快い
車窓に溢れる光を分けて
列車が連れていく先
音楽が走り去る時のような
息を呑む余韻を追って
ほら
あの初めての眩しさへ向かって

ありがとう……

掃除をしていて
ふと気になった
後でと思ったら
何をか忘れた

道を歩いていたら
思い出した
覚えていようと思ったが
まるまる忘れた
気にもしていなかったが

手紙が来た
好い知らせだった

誰かが私を
ふと
気にしていた

波の手触りをもった、きらめく心の星座
高田一葉詩集『手触り』に寄せて

佐相　憲一

六月の新潟のローカル線沿線の海。雨上がりでにごりながら、テトラポッドの先はエメラルドだ。この詩集の表紙カバーに写った詩人手織りの布のような、青と緑と白と黒の入り混じった波の色だ。佐渡の島影が見え、遠く船も見える。打ち合わせで訪れた編集者を詩人が案内したのは、地元の海だった。うわあ。その一言を発して編集者は体全体で伸びをした。この海風と空こそが、少しさびし気で荒々しい優しさを内にこめた笑顔のような詩集全体を物語っているだろう。

詩集の前半は、春の曲がり角、はじめての田んぼ、雨傘と水たまり、動かないファスナーと異性、捨てられた子犬の眼、ちょっとした家出、外国の書物、小石、道端に落ちた手袋、新潟の雪。さらりとした日常タッチの中にドキリとさせる多感で繊細な心の凝視があり、誰もがおそらく幼い頃はもっていたにも関わらず次第に失っていきがちな、命の不思議におののく存在論的な発見に満ちている。作者は公立小学校の教師としてこどもたちをみつづけてきた。こどもの複雑で単純で面白くかなしく素晴らしい原点を、実によくつかんでいる。自我が芽生えて成長し葛藤し他者性が生まれて成熟していく心の過程の、一回きりの初々しい瞬間が鮮明に切り取られている。これら珠玉の詩群の主人公は、新潟の海辺のまちのこどもかもしれないし、全国各地のまちの誰かかもしれないし、大人になって久しい読者のあなたの内面かもしれないし、作者自身かもしれない。

詩集の真ん中にある詩群は作者自身の家族関係を描いたものだが、単なる家族スケッチではない。祖母、祖父、父、おじ、母、故郷の家、夫、子どもたち、いまの暮らし。そのしみじみとした回想や内省語りの連なりには普遍につながるものがあり、ふとした言葉に、生きてある存在そのものの不思議な縁や矛盾や願いなどが含意されているのだった。この中の詩「手触り」は昨年の国民文化祭現代詩部門で入賞した作品だ。命の本質凝視と巧みな複眼による物語の刻印、厳しい認識と行間の詩情、そのかなしみとたくましさが光る。〈手触り〉、それは高田一葉のものの見方の重点なのだろう。柔らかくて不思議な感性をもつ詩人が、同時にリアルな現実認識力をもつ。バッサリと包丁を入れた瞬間のあの感じだ。手触りを大事にすることは、この生きにくい現代に希薄な生死の実感を大切にすることだろう。作者自身が闘病の中で詩を書いていると聞く。

詩集後半はフシギ系センスが光る詩群である。冷蔵庫で腐ってしまったニンジン、時を数えること、言葉の吟味、自我と自画像、さりげなくアヴァンギャルドなビジュアル日記ポエム、お風呂、朝の宇宙感覚、まだ生きているんだという切実さが行間からにじみ出る生活、浜辺の記憶、そして詩集最後の詩は、「ありがとう……」。いつの間にか、フシギ系はしんみりとさせるバラードのような、新潟の寄せては返す夏の海のような、命のいとおしみの詩世界へと深まっていった。何気ない言葉でこれだけ深い余韻を残す詩世界は貴重だ。童心を追求すると実はそれは、すぐれてオトナの詩の領域になる、そんな気がした。

詩人・高田一葉の最新詩集を閉じる。余韻にひたりながら表紙カバーをまた見る。新潟の海が思い出される。生きることの手触りは、おののきに満ちている。さりげなく大切に差し出された言葉に、きらめいているのは心の星座だ。こどもも大人も不思議でせつない命の詩だ。

あとがき

子どもの頃から編み物は好きで、いつかあの「鶴の恩返し」の機織りもしてみたいと思っていました。思いが叶ったのはつい四年程前。昨年、小さな織り機を手に入れました。経糸緯糸の組み合わせで表れてくる模様や糸の種類の違いで風合いが変わる面白さ。先生に新しい織り方を習う時のワクワク感。織り出す段階に入るまでの工程の、単純だけれどちょっとしたミスも許さない原因と結果の関係。「今日」が織り出された「布」にすり替わっていく楽しさのとりこになってしまいました。

昨年、退職と同時に癌が見つかり、治療のため体がだるく、家で本と織り機を相手に過ごす日が続きました。退職まで兎に角、色々な責任を荷台に積んで我武者羅に引っ張ってきた……と思っていた私を、気付いたら家族が運んでくれていました。私を包む空気の手触りをつくづくと感じた一年でした。

駆け足だと、五感の内、主に感じるのは視覚聴覚臭覚でしょうか。病気が私を立ち止まらせ、実際触れること（触覚味覚）で感じることの多さに気付かせてくれたように思います。

勤めている間は、決められた予定通り走る事が一日の過ごし方のようでした。まだうまくそこから脱皮できていませんが、穴に潜ってじっとしていても一日は終わります。

私の着ている今という手触りを、もっとゆっくりと確かめ、言葉にしてみたいと思うこの頃……。

今この時をどこかで一緒に過ごしている皆様、この詩集を手にとって日々の手触りを楽しんで頂けたら幸いです。

そういえば佐相憲一さん。板橋駅前で初めてお会いして「ああ、この人なら大丈夫」っと思ったのは、多分私の第六感でした。あれから、たくさん相談に乗って頂き、詩集『手触り』が形になりました。佐相さん始め、コールサック社の皆様に心から感謝申し上げます。

二〇一八年七月

高田一葉

初出一覧

春	葉群 64　2017 年 4 月 1 日
キラリ	葉群 66　2017 年 6 月 1 日
イチゴミルクの	葉群 74　2018 年 2 月 1 日
バタン	葉群 76　2018 年 4 月 1 日
あの日	葉群 75　2018 年 3 月 1 日
新しく	葉群 71　2017 年 11 月 5 日
星の王子さま	葉群 73　2018 年 1 月 1 日
セキエイ	葉群 70　2017 年 10 月 10 日
流れ星	葉群 75　2018 年 3 月 1 日
雪の朝	葉群 75　2018 年 3 月 1 日
滴	葉群 76　2018 年 4 月 1 日
手触り	第 32 回国民文化祭現代詩部門文部科学大臣賞受賞作 2017 年 11 月 25 日
それでいいんか	葉群 70　2017 年 10 月 10 日
おっちゃん	葉群 68　2017 年 8 月 1 日
柱時計	新潟日報文学賞佳作　2007 年 11 月 2 日
応援歌	新潟県現代詩人会アンソロジー　2006.
星空	2016 年 12 月　未発表
たぶん	新潟県現代詩人会アンソロジー　2006.
鞠つき	葉群 77　2018 年 5 月 1 日
五月・日	葉群 66　2017 年 6 月 1 日
えっ？	葉群 76　2018 年 4 月 1 日
し	葉群 77　2018 年 5 月 1 日
図工の時間	葉群 70　2017 年 10 月 10 日
自画像ごっこ	葉群 64　2017 年 4 月 1 日
・月・日（月）	葉群 62　2017 年 2 月 1 日
おいで	葉群 61　2016 年 12 月 24 日
朝	葉群 67　2017 年 7 月 1 日
幸せ	葉群 61　2016 年 12 月 24 日
列車で	葉群 78　2018 年 6 月 1 日
ありがとう……	葉群 71　2017 年 11 月 5 日

高田　一葉（たかだ　かずよ）

1955年　新潟県西蒲原郡巻町（現新潟市）生まれ
1983年　詩集『風の地平線』（私家版）
1987年　詩集『雪降る星で』（私家版）
詩誌「プアーイエロー」「峡谷」「アステロイド」に参加
2001年　詩集『夢の午後』（新潟日報事業社）
2013年　詩集『青空の軌跡』（(株)ミューズ・コーポレーション）
2016年　混声合唱組曲「地球を一晩借り切りで」（詩集『雪降る星で』より）が
　　　　鹿野草平作曲、仁階堂孝指揮により初演
　　　　詩集『聞こえる』（(株)ミューズ・コーポレーション）
2000・2017年　国民文化祭現代詩部門文部科学大臣賞受賞
2018年　女声二重唱曲「さあ、蓄音機のラッパを聞き」（詩集『雪降る星で』より）が
　　　　後藤丹作曲により初演
新潟県現代詩人会会員
現在、個人詩誌「葉群」刊行中

石炭袋

高田一葉詩集『手触り』

2018年7月24日初版発行
著　者　　高田　一葉
編　集　　佐相　憲一
発行者　　鈴木比佐雄

発行所　株式会社 コールサック社
〒173-0004　東京都板橋区板橋 2-63-4-209
電話 03-5944-3258　FAX 03-5944-3238
suzuki@coal-sack.com　http://www.coal-sack.com
郵便振替　00180-4-741802
印刷管理　（株）コールサック社　制作部

＊カバー画像　織物　高田一葉　　＊装丁　奥川はるみ

落丁本・乱丁本はお取り替えいたします。
ISBN978-4-86435-351-9　C1092　￥1500E